KB039873

아늑

민왕기 시집

아늑

달아실 시선
02

달아실

일러두기
본문에서 하단의 > 는 '단락 공백 기호'로 다음 쪽에서 한 연이 새로 시작
한다는 표시이다.

시인의 말

사랑하는 사람의 머리맡에 놓아둔다

2017년 5월

민왕기

차례

아
늑

1부

이틀

하루는 섭하니 이틀은 묵어가라, 고 당신은 말하고 나는 그러마, 고 답하리

첫 밤은 객으로 만난 사랑 다음 밤은 연이 된 이별

그 밤의 긴 사연들 아흐레 밤께 꿈으로 와 평생이 되리

멀리서 와 서로 귀한 손님이 된, 하루로는 못 잊을 길손들의 잔치여

봄에 핀 꽃들 한 이틀 본 것 같은 아득, 하루를 산 듯한 섭섭한 이틀이여

간절

　뉴스는 간절곶에서 가장 먼저 해가 떠올라, 가거도에서
가장 늦게 진다고 전한다

　기다리던 소식은 늘 오지 않았거나 지나가 버렸고
　홀가분한 방이 하나 있어서 난로에 물이나 끓이며 살고 싶
었다

　무엇을 멀거니 기다리며

　그저 황석어젓이거나 멸치젓같이 소금에 푹 절인 것이
　간절이다, 간절이 아니다, 어근이나 어육을 생각해 보고
싶었다

　간절을 간절 아닌 다른 말로 바꿔 써보다가,
　수천 년간 말의 내력이 있어 간절은 오직 간절로만 간절하다

　그리하여 지금 간절곶의 해가 여기를 지나 가거도로 가고
있다는 말만으로도 슬퍼진다
　>

그 말은 동쪽 사람들이 붙인 이름을 서쪽 사람들이 붙여
준 이름으로 달래고 있다는 말

동쪽이 전하는 엽편을 서쪽이 받아서 우는 종일이 있겠다
뉴스는 날씨를 전하고 간재미같이 짠 방에 물이 끓는다

간곡

입으로 넘어온 찬 돌 하나를 버리고 오는 밤이었다

오래 앓던 돌 하나를 게워내 화양강에 던져버리고 돌아가
는데
어디서 자꾸 허청거리는 허공이 하나 따라붙은 거였다
사람이 슬픔 하나를 떼어내기 위해선 수많은 밤을 울어야
하는데
겨우 그 찬 걸 하나 내려놓고 나니, 웬일인지 몸이 뒤척이
고 돌 놓였던 자리가 휭해지는 거였다

돌멩이 하나를 오래 앓다가 아편을 삼키고 죽은 내 사람
을 생각하면
돌 하나를 고스란히 견디는 일은
오늘도 어제도 아니 잊고 먼 훗날 그때에 잊는* 설운 일이라
버리고 돌아와 살던 거였는데

어느 밤엔가 어머니가 돌 하나를 토해놓고 울다가
그게 어떤 간곡이었는지,
몰래 뱉어놓은 걸 집어 다시 삼키시는 걸 보고는

슬픔에도 간곡이 있다는 걸, 버려선 안 되는 간곡이 있다는 걸 알았다

　아픈 것들을 자꾸 내다 버리고
　다 버린 줄 알았는데 문득 돌 하나가 입으로 넘어오는 밤
　그 간곡에 대해 생각하면
　이 돌 하나가 나와 너의 간곡이라면, 이쁜 것들마다 다 슬픈 것들이다

　＊ 소월, '먼 후일' 중에서

15

곡

중앙장례식장 단출한 빈소, 당신을 달래고 있는 내가 겨우 하는 말은 마음 놓고 울어보라는 말

곡은 간신히 나오고 결국 고랑이 터져버려 깊고 넓게도 흘러간다

오래 미어져도 채우지 못하는 허방 있어서

밤새 울음이 새고 또 한 울음을 삼키고 접동이 한 잎, 두견이 한 잎 그 울음 받아서 물고 간다

이틀이 지나서야 기진한 당신은 친지들이 우우 낮게 곡하는 소리에 제 목을 맞춰 몸을 달랜다

흰 국화꽃 위에 가여운 사랑을 놓아주지 못하고,
이제는 그늘 져 푸른 달이 된 네게 고인을 위해 울어주라는 말이 간다

한 세상이 허물어지고 둘이 살던 외딴 집도 허물어진다
    >

염을 하고, 홀어미가 누워있는 관에 차비를 넣어주며 당신
은 소리를 한다

그 곡이 낯설고 설워서 너는 옛날 시를 닮았다

혼자가 된 한 여자를 위해 곡을 하다, 나도 그만 개울처럼
울어버린다

곁

곁을 준다 줄 것이 없어서 오늘은 곁을 주고 그저 머문다

구름 곁에서 자보고 싶은 날들도 있지만

내일은 그냥 걷다 옆을 주는 꽃에게 바람이 마음 준 적 있는지 묻겠다

곁이 겨드랑이 어느 쪽인지, 옆구리 어떤 쪽인지

자꾸 사람에게 가 온기를 찾아보는 쓸쓸이 있어

나는 간혹 몸 한 켠을 더듬어볼 텐데

야윈 몸에 곁이 돋으면 너에게 가겠다고 편지하겠다

곁이라는 게 나물처럼 자라는 것인지

그리하여 내가 내 곁을 쓸어 보는 날엔

나무가 잎사귀로 돋는 곁이 있고 별이 빛으로 오는 곁도 있다고 믿어보겠다

가령 어느 언덕배기 세상에 단 둘이 곁으로 사는 집, 비추는 달빛도 있다고 생각하겠다

고작해야 이 삶이 누군가의 곁을 맴돌다 가는 것일지라도

곁을 준다 줄 것이 없어서 곁을 주고 세상의 모든 곁이 다 그렇다

아이가 자는 방

쌀 한 톨이 내 옆에 꼭 붙어서 새근거리면 꽃 피고 쌀눈 트고 함박눈 오고

나도 아랫목에 묻혀 눈썹 위에 눈 내려앉는 소리 들어야 한다

순한 것들에게서 넘어온 숨이 혀로 받아먹던 눈송이처럼 깨끗하게 고요하다

싸락눈이 한 알 굴러와 이쪽을 바라보던 것처럼 아이가 잠든 방에 가만히 있으면

쌀을 씻듯 말갛게 나를 씻겨 나비잠 재우던, 그 옛날 거칠 손도 찾아오신다

빈 집

주인 없는 그 집을 도둑처럼 서성거리다 버려진 화투장 같은 것들 뒤집어보았네

팔공산 달밤에 님 만나 술 한 잔, 이라

늦바람처럼 봄날 깊어 세상의 모든 야반도주가 흔적 없겠네

이런 날엔 바람난 그 아지매도 봄바람에 라일락 라일락, 치맛자락 날리기도 했을 거니

세상의 모든 버려진 집이 꽃잎 같겠네

봄 깊어 꽃 떨어지고 홀아비 살다 죽은 그 집, 세상의 헐한 정처가 정처 없이 말라가겠네

애틋

이름을 불러주면 글썽이는 뼈입니다

교복바지 위로 살짝 드러난 저 아름다운 뼈를 나도 가지고 있었습니다

한 소년이 한 소녀를 만나는 일은 복숭아뼈를 드러내고 아련해지는 일이었습니다

그 집 나무 아래를 오래 서성이던 저녁들이 모이고
나와 그가 감춰뒀던 앳된 뼈도 거기 작게 빛나고 있었습니다

복숭아뼈 여덟 개가 키득거려 노을도 출렁거리고 있었을 겁니다

의자에 발목을 부딪치면 쩡하게 아팠던 것이 그 때문인지 모릅니다

몸을 둥글게 말아 오랜만에 복숭아뼈를 만져보면
소년이 소년인 줄, 소녀가 소녀인 줄 모르던 시간이 아직

남아있을 겁니다

　손에서 가장 먼 뼈, 가장 작고 예뻤던 뼈가 복숭아뼈라는
걸, 글썽이다 보면 알게 될 겁니다

　나는 오늘 그 뼈가 애틋이었다고 속삭여보았습니다

은밀

방 안에 엎드려 소리 없이 밤이 가고 있다

적막이 걱정으로 오는 봄밤에는
바늘 하나가 물을 건너는 소리까지 다 들린다

그럴 때면 나는 너무 멀리 와 살고 있다

그 먼 골목 수선집, 도망 온 사람들 숨어 베갯잇 시치는 바느질이 깊어만 간다

어느 하늘까지 바늘은 흘러가서 비밀이 되나

잔별들 스미는 밤이 너울거려서, 오늘은 바늘의 비밀을 은밀이라 불러본다

말 없는 바늘 하나의 봄밤이라면
누구에게든 내밀했던, 은밀 하나 있을 거니

알전구 아래 옷감을 누비듯 살짝 배를 보이는, 한 생애가

출렁이기도 하리라

　바늘귀처럼 가늘어진 마음 저편에 그이가 앉아있고
　보일락말락한 바늘의 은근이 노곤히도 풀어진다

　그럴 때면 나는 너무 멀리 와 살고 있다
　멀리 와서, 살고 있다

　그 말 하나로 숨어서, 오늘은 나도 몰래 가느다란 은밀이
되어보는 것이다

곤궁

— 와수여인숙

가을강은 차기만 해 일찍 돌아온 여인숙

세상의 멀고 낮고 습한 곳 다 돌아다닌 굳은살들 깎아내
니, 밀랍 같은 고요만

기쁘달 것도 슬프달 것도 없이
곤하고 궁한 것만, 궁하고 곤한 것만

고즈넉이 이쯤 되는 깊이인 것

쪽쪽새가 무얼 빨듯이 쪽 쪽 쪽 울고 어스름이 저쯤 되
는 시간인 것

때 절은 베개에 수건을 덮으니 꾸덕한 솜들이 차분해지고
얼마나 오래 떠돌던 여인(旅人)들이 묵어갔나

우두커니 그쯤 되는 행려인 것

눅은 벽지에 목단이 삭고, 삭은 목단에 베개가 꺼지듯 세

월은 헐하고 헐렁한 것만

 그런 것 쌓아두고 안 보이고, 내가 자는 방에 오랜 냄새를
배고 겨울처럼 가버리고

 밀랍을 만져보니 촛농 같은 곤궁만, 꼭 그런 것만

아늑

쫓겨 온 곳은 아늑했지, 폭설 쏟아지던 밤
깜깜해서 더 절실했던 우리가
어린 아이 이마 짚으며 살던 해안海岸 단칸방
코앞까지 밀려온 파도에 겁먹은 당신과
이불을 뒤집어쓰고 속삭이던,
함께 있어 좋았던 그런 쓸쓸한 아늑

아늑이 당신의 늑골 어느 안쪽일 거란 생각에
이름 모를 따뜻한 나라가
아늑인 것 같고, 혹은 아득이라는 곳에서
더 멀고 깊은 곳이 아늑일 것 같은데
갑골에도 지도에도 없는 아늑이라는 지명이
꼭 있을 것 같아
도망 온 사람들 모두가
아늑에 산다는, 그런 말이 있어도 좋을 것 같았던

당신의 갈비뼈 사이로 폭폭 폭설이 내리고
눈이 쌓일수록 털실로 아늑을 짜
아이에게 입히던

그런 내밀이 전부였던 시절
당신과 내가 고요히 누워 서로의 곁을 만져보면
간간한, 간간한 온기로
사람의 속 같던 밤 물결칠 것 같았지

포구의 삭은 그물들을 만지고 돌아와 곤히 눕던 그 밤
한쪽 눈으로 흘린 눈물이
다른 쪽 눈에 잔잔히 고이던 참 따스했던 단칸방
아늑에서는 모두 따뜻한 꿈을 꾸고
우리가 서로의 아늑이 되어 아픈 줄 몰랐지
아니 아플 수 없었지

홍분다방

서면에는 홍분다방이라는 아름다운 집이 있다고 한다

그 다방에는 분 냄새가 발갛게 올 것 같은, 저녁이 있다고
한다

꽃가루 분분한 봄날 찾아올 때, 들를 수 있다고 한다

늙은 마담의 입담도 오래되어 낯설고 찬란하다고 한다

세상이 수상해 그리로 흘러들어 옛날이 되었다고 한다

슬프고 좋은 것이라 한다 은근만 하다고 한다

사내들은 홍분다방이라고 키득이며 추파를 던지지만

문 밖엔 라일락이 있었다고 한다 라일락이 피면 온다던 모
자도 있었다고 한다

원점으로 돌아가는 영시처럼 사랑아 안녕*, 거짓말 같은
일도 무량해지는 신파가 있었다고 한다

열에 들뜬 청년들도 있었다고 한다 그들이 오면 슬퍼지고
뜨거운 손 잡아주었다고 한다

어스름을 살얼음이라 부르며 흐느끼던 시인도 있었다고
한다

그래도 젊은 사람이 가선 안되는 곳이라 한다

남루가 가서 하루를 살다 가도 눈물이려니 했겠으나, 지
금은 울어봐야 옛날 일이라 한다

라일락 피는 봄 한나절에 없는 듯이 잠깐만 다녀가라고
한다

* 배호는 '영시의 이별'에서 울기도 안타깝다고 한다

선뜻

꽃이 저렇게 선뜻, 가버릴 수 있다니

선선히 몸을 놓는 동백의 혼으로, 선뜻도 때로 가파른 말
이란 걸 깨달아야겠다

바람이 되어 동백의 생을 묻고 싶다
누구는 눈부신 소멸이라고 하고, 누구는 혁명군이라 불렀
지만
오늘 동백숲에 햇살 들어 이생도 한때 따뜻한 그늘이었노
라고 전하고 싶다

꽃을 앓는 그늘이 되어, 동백이 선뜻 떨어진 자리
가는 숨 하나 데려다가
간혹 널 찾은 이 있으면 그 눈에 서늘하며 따뜻한 거 호,
하고 불어주고 싶다

어쩌다 네가 너에 대해 말문을 열어오면 숨겨둘 밖에
말 않고 그저 홀연, 가버린 일에 대해 말하면
내 낡디낡은 꽃 이파리도

그날 밤은 홀가분하게 울고 간다는 말뜻을 들을 수 있으
리라

　동백, 진다 붉은 동백
　머리카락 한 올 안 남기고 아깝게 저토록, 선뜻

너희가 심수봉을 믿느냐

죽도록 사랑했다는 말을 믿는다

죽도록 사랑했슈 사랑했당께 사랑했다안카나 그런 말들,
두 번 다시 만나지 못한다는 너의 말을 믿는다

죽고 싶다는 말보다는 죽여줘, 라는 말을 믿는 것처럼 심
수봉을 믿는다

고속도로변 불탄 차에 앉아있던 중화상의 운전자가
경찰관들에게 '죽여줘'라고 말했다던 봄처럼 사랑은 우는가

정치부 기자보다 사회부 기자를 믿는 것처럼, 해석보다는
사실을 믿는 것처럼 너를 믿는다

극단의 계절에 꽃이 피고, 사랑이 봄을 죽이고 오는 시간
에 심수봉은 부르고 나는 믿는다

우리의 지나는 어디로 갔나

미군들이 몰려와 새벽까지 술 마시던

진아하우스, 햄버거집 불을 끄고 맥주를 팔던 그 철 지난
집에서 난 늙은 여자를 사랑했네

지나는 쉰 살, 고기를 구우면서 도라지 담배를 멋지게 빼
물었지

보라색이 그녀의 얼굴을 감쌀 때 우리는 어느새 고향 앞바
다로 고동을 주우러 갔는지도 모르네

지나가 항상 말하던 어느 날처럼

묵호 쪽에서 원양 선박이 부웅, 하고

뱃고동을 울리면

부에노스아이레스로 가서 돌아오고 싶지 않은 구름들, 새
떼들

무관으로 흘러갔고 혹은 아득으로 사라졌다고 전하네

아직 나는 그리로 가고 싶어 안달 난 젊은이

아마 늙어서도 그럴지 모르네

그때가 되면 어린 손녀를 무릎에 앉혀놓고 지나처럼 말해
야지

언젠간 무관으로 갈 거란다 그곳이 어딘지 아직 모르지만 무관이란 결국 알 수 없는 곳이란다

레인보우 클럽에서 허탕을 친 미군들이 몰려오면
지나는 그 녀석들에게 줄 고기를 구웠지
때로 홍등가에서 늙은 창녀들이 넘어오기도 했는데 지나는 그들에게 말했어
오늘은 뭘로 줄까? 그들은 말했지 늘 같은 걸로!
그게 전부였지

언제나 떠돌던 마음들은 허기에 지쳐 식탁 앞으로 돌아온다고 그녀는 말했었네
아아 지나 쓸쓸해서 죽을 것 같아, 라고 내가 말했을 때도
거짓말 마 죽을 수 없다면 밥을 먹어야지, 라며 웃어주더군
사실 그게 전부였어

내가 아주 오래전 그 마을을 떠나와 다시 그리로 돌아갔을 때
불 꺼진 진아하우스 앞에서 생각했지

그런데 우리의 지나는 어디로 갔나?

그리곤 그녀가 우리가 한 번도 가본 적 없는 부에노스아
이레스로 떠났다고 노래해주었네

그게 내가 그녀에게 해줄 수 있는 전부였다네

시인의 멱살

거만의 멱살을 잡으려다 그만
시인의 멱살을 잡고 말았다

시원하게 생긴 얼굴, 이미 용서가 들어있어
단추가 떨어지고 옷이 찢긴 후
시인의 옆에 앉아서 울었다

그 밤의 일은 시의 멱살을 잡아보려던 일
화를 내고 나서야 그만 울음의 멱살을 잡힌 것처럼 외로웠다

시인의 멱살은 왜 그리 푸르고 다정한가

그 일은 당신을 거칠게도 좋아했던 일, 시를 속이고 싶었던 일

당신의 멱살을 잡으려다 그만
내 멱살을 잡고 말았다

그 밤은 시인의 옆에 앉아 울어본 밤

여름날의 개를 좋아하세요

개를 먹고 있네 손등으로 입가의 기름을 닦으면서
이마가 반들반들해질 때까지

나무에 묶어놓은 밧줄을 제 목에 걸고, 찝차에 앉아있다가
엑셀을 밟았다던 한 남자의 떨어진 목에 대해 얘기하면서
여름날의 개를 좋아하면, 이런 얘기도 그저 지나가는 것

개를 먹고 있는 촌사람들을 믿는 것은 정의로운 체 하는
자들보다, 타락한 세계를 연민하는 쪽을 믿기 때문

개고기를 허겁지겁 뜯으며 남자한테 좋다고 떠드는
어떤 날의 세속,
그 속에서 의미를 발견해보려는 안간힘을 뭐라 불러야 할까

개는 먹어도 개 대가리는 감추고,
뼈가 씹힐지라도 조심히 상 위에 뱉어놓는 여름날의 개고
깃집

육욕으로 푸른 하늘이라고는 말 못해도, 기름 낀 사람들

의 커다란 말소리로

　한 생이 너무 슬프고 어지럽네

세월이여 유원지여

유원지의 가을은 가는데 저 물가에서 상하이 트위스트라니

취한 중년들 신나게 발을 비비며
단발머리에 미소가 예쁘던 추억 속의 사랑의 트위스트*

유원지의 노을은 저리 애달파 중년들 아직 돌아가지 않고
막춤 추누나

한 번 쯤 추어본 일 있는 사람은 알겠지 흔들어대면서
우리가 정말 즐거운지도 모르고 추는 춤

추면서도 이상하게 허전해지는 마음들 불길해
또 한 번 힘을 내 정신없이 추는 춤

유원지의 트로트를 들으며 나무들 덩달아 흔들어대는데
나를 비추는 저녁 해가 너도 한번 추다 가라 한다

그래 세월이여 유원지여, 이제 어서 늙어 막춤을 추어야지
>

40

신나게 추면서 지나가야지, 체면도 없이 정신없이 즐거워
해야지

취한 노을 아래 집에 가지 않고, 취한 노을 아래 집으로 돌
아가지 않고

* 설운도의 노래 '사랑의 트위스트' 중에서

꽃잎
— 작전

일주일 연속 상한가로 치닫다가 한순간 바닥없이 하한가로 무너지는 것

현대증권 앞 담배를 물고 있는 증권맨, 흰 와이셔츠에 펄럭이던 바람

삶이 투기가 아니고는 극복이 안 돼, 상투를 잡고 망연자실한 한때의 여의도

화르르 피었다가 와르르 무너지는 벚꽃, 그렇다면 이것은 누구의 작전인가

꽃 피어 이득 본 자 누구이고, 꽃 져 손해 본 자 누구인가

로또를 믿듯이 투기를 믿는 봄,
투기를 믿듯이 꽃을 믿는 봄

꽃무늬 원피스를 차려입고 나들이 온 중년 여자들의 화사한 말소리

바람 부네, 어머 다 떨어지겠네

그 곁을 지나가며 이 작전에 황홀해져, 나는 지고도 상한
가를 잡은 것처럼

저녁의 그만

다 그만두고, 불 때는 집으로 가 저녁을 돕는다

아궁이 하나에 방 하나,
아궁이 두 개에 집 한 채

할머니의 부엌에 가 앉아 불을 거들면, 문 밖에는
얼마나 큰 하늘 얼마나 큰 연기

서쪽으로도 아득히 휘어서, 세상에서 가장 서글픈 표정을
하고 있다

그리 저녁연기는 휘돌아 가련
소슬히도 휘돌아 아주 멀게 저녁을 끌고 가련

소처럼 길게 울고, 양처럼 가늘게 울어도
멀리만, 멀리만 가련

소반에 올라오는 밥 한 공기 바라보고, 속절없이 슬퍼지고
이제는 비로소 다 그만두고
>

그 집에 아랫목에 적막이 몰려와 상을 물리면, 큰 별 몇 채
내려와 대신 울어줄 것 같다

가을 한 계절은 다른 것 다 그만두고,
저녁연기는 어느 하늘 미어지는 쪽으로 멀게 멀게 가버린다

풀의 미열

풀 한 잎 필 때 열을 느껴 등을 짚어보니 미열이다

너는 약하구나, 너무 약하구나

약한 것은 늘 파리해 너는 초록이 되고 흔들리고 내가 슬
며시 가서도 그늘지는구나

약하지 말아라, 나는 낡고 슬프지만 너는 새로 태어나도
아프지 말아라

곤한 것 건드는 바람이 오거나, 궁한 것 적시는 달빛이 오
더라도 약해지지 말아라

바람의 열을 느껴, 달의 열을 느껴 선 채로 흔들리는 것은
풀뿐이다

미열로 살아서 온통 푸르른 부족들의 마을에 별을 뜨게 하고

아이들의 곁을 지켜 고마운 풀씨 하나가 하얗게 떠간다

명일카센타

내 친구는 자동차 정비공이고, 아이 넷을 키우고 손톱이 늘 까맣고 잘 웃는다

십 년 된 아반테를 끌고 강릉엘 가서 수리를 하고 그가 사는 연립에 들어 소주를 마신다

말없이도 날은 저물고 사람 모두가 피붙이라는 생각에 함께 울기도 한다

어느 날부턴가 한바탕 울고 나면 후련해지는 날 있고, 거기서 배 타고 삼십 분만 나가도 삶은 망망대해이다

나는 백수이고 아이 둘을 키우고 손이 늘 하얗고 잘 웃지 않는다

차 고치고 돌아가는 강릉 포남동 카센타

하룻밤 새 정든 아이 넷이 나란히 작은 손 흔들어주고 사람 모두가 피붙이라는 생각에 함께 웃기도 한다

논물 보았음

오래 묵혔다가 꺼내 보는 아버님의 영농일지

논물 보았다
소 팔았음

촌부는 감정 없이 일상 한 줄을 적고
그날따라 흘려 쓴 글씨는 아랫목에 몰래 돌아누웠던 흔적
같은데

안말 배충부와 품앗이 문제로 싸움
툇골 숙자 할머니 장사, 열무씨 사다 밭에다 뿌렸음
왕기가 책가방을 마당에 버리고 나가 종아리 넉 대를 때렸음

그도 난중(亂中)이었나
단문으로 끊어지는 고적만 가득인 여덟 권짜리 영농일지

암 투병 힘겨우실 즈음, 신부님 돌려보내고 나를 앉혀놓고는
나는 너로 이어질 뿐이라던 촌부의 유물론
>

어렵게 울어 유언도 없었던, 한 사내의 평생 같았던 영농일지의 마지막 문장

논물 보았음

팔순

팔순 노인과 한 방에 묵었다 자던 노인은 엄마, 하고 부르다 흐느끼며 다시 잠에 들었다

거기 감자꽃 피고 있을라나

마을회관 어르신들 화투 치던 자리에 누워서 시간은 엄마를 데려간다고 적었다

그와 한 방에 누워 고랑거리는 숨소리 듣는 시간

가여운 아가 찾아 엄마가 오시려나

노인의 코며 입이며 이마가 꼭 일곱 살 아이 같고, 시간은 마음까지 데려가지 못한다고 적었다

마음이 팔순까지 휘적휘적 걸어갔던 밤 노인과 한 방에 묵었던 밤

희미

마을에 가뭄이 들면 어머니는 흰 적삼 입고 산으로 들어갔다

과부들이 산 개울에 모여 비를 빌며 키를 씻으면
어느새 비 내려, 푸석한 들에도 초록이 온다는 말을 들었다

산가에 멀리 보이는 여인들은 희미였다가
산중으로 들어가 영영 못 볼 것같이 흐려지고
봄은 버짐으로 옮아 가뭄에 헌데 같은 꽃으로 피어났다

담벼락 아래 입이 말라 앉아있으면, 오래 앉아있으면
먼 산가에 자꾸 희미가 오는 것 같고
물끄럼하면 산 그림자, 나는 또 슬퍼져서 냉이처럼 가늘어
졌다

그러다 산가에 희미가 보이면, 흰 처녀들이 오시면
어린 나는 두 눈이 다 흐려지는 희미가 되었다

안국역

두 손을 혀처럼 내밀고 얼어버린 검은 조개 한 마리를 만났다

무릎이 찰 것 같다

은유는 모독 같아서 사람이 엎드려 있었다고 다시 쓴다

동전을 떨구자 그가 고개를 묻고 고맙다고 한다
고맙다고 두 번이나 말한다

나는 대답하지 않는다 손이 그릇처럼 얼어있을 것 같다
비유는 치욕 같아서 사람의 손이 차다고 다시 쓴다

슬픔은 오지 않는다 슬픔은 은유도 비유도 없이 바닥을
울고 있으므로

행려가 여행이 되거나, 부랑이 방랑이 되고 연민이 사랑이
되지 않는 한
기적은 이적이 되지 않고 무릎 꿇은 사람은 걷지 않는다
>

그가 고개를 묻고 고맙다고 한다
고맙다고 두 번이나 말한다

전금순

　아이는 말을 배우는데 할머니 이름이 전금순, 이라는 말을
듣고
　와 이쁘다, 한다 그러냐고 하니 정말 이쁘다 이쁘다 한다
　어머니 이름을 오래 들여다본 적이 없다 전금순, 이라는
　이름으로 살았을 한 여자의 삶에 대해 생각해본 적이 없다
　어머니의 이름은 오래고 낯설어서 아름다운 줄도 나는 몰
랐다

연신내

시 한 편 쓰고 술 마시러 가는 길 위의 뉘엿뉘엿이여
혼자 술 마실 집을 찾는 일로 저녁은 어둑해지고, 나도 조
용해지리
소주 한 병과 돼지머리고기 몇 점,
연서시장 알전등 아래 혼자 술 마시는 이들의 저녁이여
취할 만한가, 용서할 만한가, 울 만한가, 집으로 돌아갈
만한가
술 몇 잔에 살 만해지는, 뉘엿뉘엿한 마음의 적벽이여

폭설
— 구파발 서신

눈 내리면 하루가 지워져, 종일 지붕이 휘도록 잊으려 했
습니다

포슬눈이 함박눈 되어 오래 푹석여 여기는 아직 시간을 모
릅니다

폭설을 전하려던 파발마들이 눈 녹인 물을 먹고 울고 있
습니다

말 먹이던 구유에 눈 쌓이고 주인들은 말글을 잃고 어디선
가 눈을 맞습니다

이렇게 기다리는 돌의 시간이 풀릴 때는 또 이리 눈이 풍풍
오는 밤일 겁니다

마고정 주막 언저리 물푸레나무 숲에 눈 내리던 시간이 우
리들의 연이었을 겁니다

북벽에 친 진에 기대어 살아있으란 말이 내 유일한 연서였

으니

 당신이 죽고 없다는 말은 내가 지워진다는 말, 그러니 어
느 시간에서든 당신이 불을 들고 오실 겁니다

 눈이 오니 동여매고 싶었던 말이 다시 막막해집니다 눈이
와 또 한 계절이 끊어지려 합니다

 당신에게 전하려던 말은 그러나 폭설 같은 말, 눈꽃 한 장
오래오래 얼렸다가 말 잔등에 실어 보냅니다

 한양에서 의주까지 달려가 하고 싶던 말은 대개는 불가능
했던 말, 북과 징으로도 닿을 수 없던 말

 수백 년 전 눈이 휘몰아쳐 시간을 잃고 눈같이 희어져서
지금까지 기다리고 싶었습니다

2부

마리여관

마리여관이 서있다 아름다운 마리여관이 서있다

투숙객들 떠났다고 쓰면 더 아름다울 것 같아서

수첩에 마리여관, 마리여관, 사람 없는 마리여관이라고 써
보았다

아버지에겐 명자라는 이름의 여자가 그랬던 것처럼

마리, 그건 정말 슬픈 이름 같아

사람을 홀리기도 하는 퇴색한 흰 벽에 마리, 라고 써보고
싶었다

아픈 이름을 지은 여관 주인에게 할 얘기는

여관이 몰락한 후에 생겨난 이상한 아름다움 그리고

마리라는 가명을 숙박부에 적은 홀몸의 여인들이

한 사나흘 머물다 돌아가 마리라는 이름으로 살고 있단
얘기

하지만 그녀들은 이미 백발이 되었을지도 모르니까 아마
찾을 수 없다

마리여관이 서있다 늙은 마리여관이 서있다

반지에 이름 새겨드립니다, 라고 적힌 액세서리 집을 지나

팡팡사격장을 지나 문득 어촌의 한갓진 데에

이상한 마리여관이 세계의 현을 건드리며 아름답게 피어있다

고래

어촌을 걷는다는 것은 뼈만 남은 고래를 만져보는 것처럼 희고 오랜 일이었다

앞 지느러미 부근에 어판장이 있고 꼬리지느러미 쪽에 등대가 서있어 천천히 걸어보았다

살점과 내장은 팔려나간 지 오래라서 골목은 가늘어졌고

갈비뼈 사이에 듬성듬성 자라난 집들은 바다를 바라보는 곡진한 방향이었다

비어있던 시간을 오래 쳐다봐 쭈글쭈글해진 얼굴의 어르신들은

한나절씩 마당에 앉아 나물처럼 미역처럼 저무는 일 같았다

고래의 혀가 있었던 자리에 앉아 좋아해, 라고 말하면 바람이 왔고

심장이 있던 자리에서 좋아해 좋아해, 라고 말하면 커다란 뭉게구름이 왔다

그렇게도 희고 아름다운 고래를 꼭 껴안고 우는 법을 배우고 싶었다

어린 마음이 찾아올까, 가만히 앉아 햇볕 쬐고 싶은 날 있었다

흰 뼈로 누워있는 고래를 찾아 늦었다는 말 대신 좋아한

다는 말, 하고 싶었다

　바람 속에 마음을 다 흘려주고 나야만 고래의 말간 눈을 보게 된다는 마을에서

　왈칵 눈물이 흐를 것 같았다 그건 너무 희고 오랜 일이라서 그만 다 잊은 일 같았다

슬픔의 편

슬픔의 배경이 되기 위해 여자는 오래전에 떠나온 듯하고

정치에 대해 침 튀기며 말하는 나를 보며 아름답게 웃고 있다

당신은 어느 쪽이냐, 고 내가 묻자 여자는 그럼 하모니카는 어느 쪽이죠, 라고 되물었고

그 저녁노을 같던 음색을 떠올리자 하모니카는 슬픔의 편인 것 같았다

많은 음악은 슬픔의 편, 많은 시가 슬픔의 편인 것처럼 많은 희망도 슬픔의 편

그렇다면 어떤 평화를 원하느냐는 질문에도 슬픈 자들을 위한 평화를 원한다고 답해야겠지

슬픔이라는 정치가 세상의 눈물들을 다 불러 모을 수 있을 때 승리도 슬픔의 편

그녀는 여름마다 마리여관 로비에서 따뜻한 커피를 팔고

십여 년 떠돌다 돌아온 한 사내의 잘못에 대해서도 얘기하지 않는다

슬픔의 후원자인 마리, 그녀의 창밖으로 파도가 치고

그것 역시 슬픔의 편이라서 마리여관 아름다운 흰 벽에 하모니카처럼 잠깐 기대어 있기

새까만 봄밤

광안동 골목, 한 집에서 남녀가 짐승처럼 울며 싸우는 소리가 들렸다

술 생각에 홍합 한 소쿠리와 쭈꾸미 몇 마리 사들고 돌아가는 길인데

남자도 울고 소리치고 여자도 울고 소리치고 다 같이 울고 있었다

불현 조금 알 것 같다는 생각이 들어 섧고 그립고 새까만 봄밤*을 생각했다

사람은 짐승처럼 우는 법을 아직 기억하고 옛날 내 당신들도 그렇게 울었다

깨진 세간살이를 쓰레받기에 쓸어 담던 늘 패배의 편이었던 싸움들

잦은 다툼으로 겨우 일으킨 가계들이 마을을 이루고 밥을 끓였다

사람의 평화는 결코 오지 않았지만 한숨으로 적요했던 새까만 밤들은 왔다

* 소월의 '봄밤' 중 일부

65

태초의 배꼽

배꼽에서 길이 생겨나고 나는 다시 그 길을 따라 돌아왔습니다

그것은 없지만 분명 있었던 길을 따라 걷기로 한 어느 저녁의 일로 누구든 사람으로 왔다면 배꼽이 있을 것이라는 얘기를 전해들은 후입니다

신에게는 배꼽이 있느냐고 물었던 것도 그 무렵의 일이었던 것 같습니다

대답은 없었지만 외롭거나 두려울 때면 배꼽을 만져보았고 그제야 내 피붙이들이 같은 세계에 산다는 안도로 저녁을 맞곤 했습니다

짚을 깐 개집에서 모락모락 김이 오르고 똥을 핥거나 배꼽을 핥던 어미 개의 겁먹고 가여운 눈동자가 떠올랐습니다

핏덩이의 배꼽을 핥아주던 어미 개와 눈이 붙은 강아지들의 시큼한 냄새가 시간보다 깊을 것 같았습니다

>

66

연민의 배경에는 늘 같았던 배꼽이 있다고 썼습니다

처음 배꼽을 가진 것은 누구였는지, 처음 배꼽은 어떻게 생겨났는지 궁금한 날이 있기도 했습니다만 배꼽이 실존이라고 수첩에 적던 날엔 아무 일도 하기 싫어서 배꼽을 햇볕에 말리며 오후 내내 잠을 잤습니다

배꼽 속의 간지러운 흙들을 말리며 긴 잠을 잤지만 태초의 배꼽을 찾지는 못 했습니다

다만 이 배꼽이 시간 속에 살고 있는 사랑의 한 연대기 아닌가, 하고 물을 따름이었습니다

내가 배꼽으로부터 왔다는 사실 때문에 나는 당신의 알몸을 볼 때마다 까만 때가 아름답게 끼어있는 배꼽을 살핍니다

삶은 처음부터 시작되었고 당신과 나는 허전하고 따뜻한 배꼽 하나를 맞대고 아이를 낳고 이상한 삶을 이어 갔습니다

울음의 끝, 자기야

울음의 끝에 매달렸던 자기가 떠나는 게 보였다 가만히 앉아

떠나는 서로를 바라보는데 가여웠구나, 하고 얘기하니 자기가 웃어주었다

울 일이 많은 것은 좋지도 나쁘지도 않은 것이었고

울음 없는 삶을 살 순 없는 노릇이라서 울음 대신 자기를 놓아주었다

울음의 끝에 앉아서 안녕, 자기야

나는 인사했고 떠나는 자기는 마음이 게워낸 중학생 같았다

너였구나, 골목에 앉아 하모니카 불던 애, 겁먹어 파래진 얼굴로 뛰어가던 애

나보다 어린 자기가 마음의 끝에서 희미하게 웃었고

하찮아서 아름다운 세상의 끝, 머리를 쓰다듬자 서로가 따뜻했다

세상을 떼어놓을 만큼 울 수는 없어서 어린 자기를 자주 떼어놓고

흐린 날엔 방파제에 앉아서 사람들이 떠나보낸 파도를 바라봤다

언젠간 내가 나를 떠나야겠지만, 그래야겠지만 울음의 끝,

자기야

　사람들은 자꾸 죽고 아프고 서럽고 위태롭고 가끔 스스
로 죽기도 했다

억양

　남에서 북으로 목련이 피어나는 순서처럼 나와 당신의 억
양이 다르다
　중부에서 온 나는 밥 먹었어요, 라고 요를 올려 물었고
　남부에 사는 당신은 밥 먹었어요, 라고 어를 더 올려 물었다
　당신은 내 억양이 차갑다고 했고 나는 당신의 억양이 따
숩다고 했다
　밋밋한 내 말씨에는 아직 꽃이 피지 않아서 어디쯤 시간이
흘러야
　남해유원지 해변포목점 주인처럼 목화 같은 말씨를 가질
수 있을까
　북에서 남으로 눈이 흩날리는 순서처럼 나와 당신의 억양
이 다르다
　추운 곳에서 온 나는 아직 슬퍼요, 라고 말했고
　따뜻한 곳에 사는 당신은 슬퍼봐야 뭐해요, 라고 말했다
　남쪽에 오니 바람이나 햇살의 억양도 달라져서 반나절썩
해변을 쏘다니다가
　비로소 목련이 예쁘다는 생각을 했다
　당신의 억양을 몰래 흉내 내며 좋아한다는 말 대신
　아이 낳고 살까요, 라는 더 따순 말을 할 수 있을 것 같았다

반려

시간에 색을 들이는 걸 어스름이라 하고, 건넌방의 기침 소
리를 어렴풋이 잊었던 말이라 합시다

기별 없는 날에는 기억을 퍼다 이불에 둘둘 말아두고
밥 한 고봉이 식던 시간을 서로를 울리고 나간 못난 일이라
합시다

저녁에는 주홍이 오고 사람에게 색을 들이는 일을 평생이
라 합시다

어스름을 살얼음이라 하고
우리가 우리의 문을 열어 빗물 흘리며 사는 일을 추억이라
고 합시다

식은 밥처럼 미지근해진 시간을 사랑이라 부르고
흰 무 같은 달 띄워 서로를 베어 먹던 일을 반려라고 합시다

인연은 멀리 있어도 닮는다, 하고
흰머리가 되어 희게 살아보는 것도 그런 설핏한 일이라 합시다

적

목도리를 길게 풀어 같이 매본 적이 있다 당신과 없는 시간을 포갠 적 있다

내 살결이 당신에게 닿아 해안으로 당신을 데리러 간 적 있다

기억과 기억이 같지 않은데도 다른 시간 속에 같이 살며 함께였던 적이 있다

내 잠과 당신의 잠이 다른 시간대에 살아서 이별하고 있다고 느낀 적이 있다

당신이 옆에 있는데, 당신이 멀리 있을까봐 방에서 깨어 울었던 적 있다

늙어간 적 있다 저이는 손등부터, 나는 손바닥부터 다르게 늙어간 적 있다

헌 옷가지 하나 버리지 못하는 다정의 가옥에서 다른 시

간을 적시며 삭아간 적 있다

　시간을 가진 적 있다 태어날 때부터 지금까지, 가질 수 없
는 시간을 가진 적 있다

　오고 있는 것도 가고 있는 것도 아닌, 있을 수 없는 이 시
간 안에 같이 있는 것을 적이라 부르며 사랑한 적 있다

둘만 남은 세계의 홍옥 한 알

주름과 뱃살과 흰 머리를 쓸어주면서, 이 집에 둘이 있고 홍옥 한 알도 있으니까

다리가 시린 집에서 모포를 덮고 서로가 기다리는 일에 대해 속삭이기

둘만 남은 세계에서 서로의 당신이 죽을까봐, 무서워 둘의 세계는 이야기

죽을 때까지 둘이 얘기하는 이야기의 저 편 이룰 것 없이 단 둘만 남아 어깨를 넘겨보기

홍옥을 한 입씩 베어 먹고 모르는 세계는 추방인 걸까, 도망인 걸까

폐허의 적벽에서 둘이 기억하는 이야기를 기억하지 못하는 방식으로 얘기하고

모르는 것을 모르는 대로 기다리기, 혼자가 아니고 둘이니

까 우리가 발견될 때까지

　이 집에 둘이 있고 홍옥 한 알도 있으니까, 자기야 아직은
괜찮은 거겠지

　서로 깨물어주면서 같은 과일을 먹었고, 모두이자 혼자인
처음을 기다리고 있으니까

사천

부산에 이사 와
작은 고모가 사천에 산다는 얘길 들었다

폐가 말라붙었다는 그녀가
반편이가 된 늙은 아들과 함께 아직 어촌에 살아있다는
얘기

폐옥 두 채가
가쁜 숨을 몰아쉬며 서있는 풍경일 것 같았다

고모가 사천에 사는군요, 하고 돌아서서
사천은 참 멀겠구나, 되뇌었다

부계는 늘 뼈아프게 숨어 앓고 있었고
시간은 결국 슬픈 동네 하나를 늘리며 날 해변으로 끌고
왔다

사천은 너무 먼 마을
다시는 찾아 함께 무너지고 싶지 않았던 막막한 기억이
사천, 하고 조용히 불러보라고 했다

염

온몸을 알코올로 염하는 시절에는 물든 것들만 보인다

아, 하고 벌린 입에 술을 넣고 눈도 멍해지면, 맨몸으로 볼 수 없는 것들이 훌쩍 넘어와 살기도 한다

뇌가 물들면 없던 당신이 갑자기 골목에 나타나서 물끄러미 쳐다보고 가고
손이 물들면 손이 아주 먼 데 있는 듯 가늘게 떨기도 한다

멀리 가고 싶어 염하는 한낮, 주막에 앉아 있는 사람들은 멀리 가지 못한 사람들이다

가지 못해서, 깊은 데 있던 것들에게 다쳐 쓰러진 사람들이다

글라스 채로 소주를 마시고 있는 저 노인들에게도 죽기 전까지는 아직 더 물들여야 할 무엇이 있다

아, 하고 벌린 입에서 침이 흘러나오고 낯선 사람들끼리 물들어 혼자인 서로를 보고 있다
  >

벌린 입에 쌀을 넣어둔 어느 날이 같이 넘어 온다
이렇게도 쓸쓸하고 어려운 봄이 짙어지기도 한다

뒤편

필시 나는 뒤편을 걷고자 했고 가로수들은 등 뒤에서 가장 싱그럽게 피었지만

삶의 뒷길을 걷고 있다는 기분은 남자에게 갑자기 날아든 발기부전 통고 같은 것이었다

어느 날이었나 아파트 앞 동 찬혁 엄마와 애 키우는 얘기하다가, 진해에 벚꽃 피었대요

불쑥 나도 몰랐던 그 한 마디가 어디 뒤편에서 튀어나와

하양이나 분홍이었을 왕벚꽃 한 줌이 부끄럽게 거리로 날아들 것 같기도 했다

검은 봉지에 콩나물과 두부 한 모 사들고, 하원하는 아이들 기다리다 보면

남루만이 날 아낀다는 문장이 어렵잖게 생각났다

고독이 잔병치레 같다고 편지하는 날 있었고 정치에 분개할 때마다 생각이 광대처럼 웃던 날 있었다

뒤편, 아주 오래전부터 뒤편에 와서 살았는데 필시 뒤편이라 생각하니

사람의 그림자 같은 것만 살펴보게 됐고 망가진 사람들 하나둘 전화하기 시작했다

사천이 아니라 곤양에 산다고 폐병을 앓는 작은고모가 전

화를 걸어왔고

　오랜만이야 삼촌 나 종민이야, 마트에서 과일 팔며 살아,
어렸던 조카가 술 먹자고 말 걸어왔다

　찬혁 엄마는 진해에 벚꽃 좋지예, 라며 까르르 웃었고

　적적만이 날 아낀다고 써볼 적마다 남해유원지 바람뿐이
던 해변이 출렁거렸다

대조적인 날씨

세계의 날씨는 지독하지만 해변은 찬란하게 반짝인다

대조적인 날씨 속에 대조적인 한 사내가 아파할 것인가, 기뻐할 것인가를 생각하는 동안

한 남자가 사월의 해변을 웃통 벗고 뛰어가고 있다

처음 만난 여자는 오월부터 여름이 시작될 거예요, 라고 말했고

나는 이제 막 봄인데요, 라며 어리둥절했다

중부에는 찬비가 내리고 심란한 사람들이 울고 있다고 했다

나는 사이에 서있다 세계의 폭풍우와 해변의 따가운 햇살 사이

가해와 피해의 사이에서 앓았던 한 시절 사이에 대조적으로 서있다

망명하지 못한 스승과 망명하고 싶은 나 사이, 웃통 벗고 뛰어가고 싶다

남부 사람들은 곧 여름이 시작될 거라고 속삭이고

수영구 해변음악방송국은 다음 달부터 슬픔과 기쁨이 동률인 째즈를 틀 계획이다

대조적인 날씨 속의 대조적인 사람들이 기뻐할 것인가, 아파할 것인가를 생각하는 동안

세계의 날씨는 여전히 지독하고 해변은 여전히 아름답다

여자의 방향

여자는 소파의 방향을 바꿔야 한다며 변화를 두려워 말라, 고 했다

나는 늘 있던 그 자리가 좋은데 그냥 두지, 라고 말하며 여자가 시키는 대로 소파를 옮겼다

여자는 소파에 앉아 창밖을 보고 싶었고 나는 텔레비전이 보고 싶었다

여자는 작은 집 짓고 살자, 며 설계도를 그리기 시작했고 난 아무래도 좋다, 고 했다

우리는 차돌이의 친엄마가 장미희라는 것이 언제 밝혀질지 지나치게 관심이 많고

그렇다면 여자도 쓸쓸한 것이라고 생각했다

중고차는 소나타가 좋겠다고 하자 여자는 내 차가 되는 거야, 라며 기뻐했고

내가 입사 면접에서 사장과 다투고 돌아오자 여자는 잠깐 슬퍼했다

선배는 넌 그러고도 남을 놈, 이라고 했지만 나는 여자가 말하는 대로 머리를 깎고 옷을 입었다

변화를 두려워 말라, 는 여자가 울고 있을 때 세계는 늘 유구하게 변해왔다고 말한 것은 나였다

여자의 방향대로 소파에 앉아 창밖을 보는 것도

그냥 두라는 말을 한 것도 나라서 여자가 슬쩍 방향이 괜
찮냐고 물을 때도 그렇다고 했다

마음이 해야 할 설거지 같다, 고 나는 말했고

설거지는 가끔 쌓아두는 맛이 있다, 고 여자는 말해서 우
리는 모두 휴일을 좋아했다

부근

해운대에 비현실적인 햇살, 어젯밤 이 부근에서 일가족이
동반 자살했다고 한다

이것까지 껴안아보라는 듯, 일가족 중엔 여덟 살 아이가
끼어있고

내 나이 또래의 사내는 목 졸라 죽인 가족들의 시신을 닦
으면서 유서를 썼다고 한다

삶이 어둠의 부근을 지나고 있다 그 부근에선 이상한 뉴
스가 자주 올라오고

비현실적으로 밝은 사람들이 해변에서 일광욕을 하기도
한다

텔레비전에선 죽은 박용하가 뼈만 남은 아프리카 아이를
안고 흐느끼고 있고

비어있는 통장 잔고 탓에 유니세프 후원금은 석 달이나
밀렸다

아픔의 부근인가, 이제 기도라도 하게 될 땐 세상의 죄에
대해 묻곤 한다

사람이 사람을 죽이는 일은 없어야 한다는 권정생 선생의
유서를 읽는 밤에도

고통의 부근을 어슬렁거리고 있는 사람들이 생각난다

어느 부근인가 여기는, 아슬아슬한 희망의 부근이 자주
흐려진다

해운대에 들어선 고층 아파트들이 아무 일 없었다는 듯 비
현실적으로 번쩍번쩍하다

이리의 근황

돈에 사무쳤다던 한 사람의 기업에서 잠깐 일한 적이 있다

언어는 주린 이리 같고 가슴은 울분으로 가득한 오팔 개

따라는 사내

문득 세상과 불화했던 한 시인의 짐승같이 이글거리던 눈

빛이 떠올라

나는 사무친 것 없이 서둘러 떠나고 싶었다

세상은 정글이라며 눈을 희번덕이는 그에게

그런 언어가 한 세계를 지배할 수 있다는 사실이 슬프다

고 했다

이리가 이리를 알아보는 것처럼, 내가 그 사람을 알아본

후 며칠을 앓았다

누군가 한때 내게서 그런 눈빛을 봤다고 말한 적 있다

그 눈빛 알아요, 며칠 합숙했던 동년배 중 하나에게서 그

얘길 들은 게 십 년 전이다

그때 나도 그렇게 겁먹고 허기진 얼굴로 으르렁거렸던 걸까

이제는 사무친 것 없어 해변을 걷고 아이들 밥 먹이면서

내 눈빛이 조금 더 순해져 소처럼 커졌으면 하고 바라기도

한다

돈에 사무쳤다던 그 사내의 눈빛이 평화로워지기를

그 사람의 기업에서 며칠을 일하고 돌아와, 사나흘을 더
앓고 난 후 찬물을 틀어놓고 설거지를 했다

죽은 독일가문비를 위한 송가

죽은 나무를 집 밖에 내놓았다

사 년 전 이 집에 와서 크리스마스 트리가 돼 주었던 독일
가문비는 연둣빛, 아이들보다 키가 작았다

죽은 나무를 집 밖에 내다 버렸다

이태를 죽은 채 살았던 독일가문비는 갈빛이었고, 아이들
보다 더 키가 작았다

죽은 나무를 데리고 살다 지겨워져 내다 버리면,
아이들이 다시 들고 돌아오고 아내가 다시 들고 돌아왔다

사내가 크게 아플 때 죽었던, 나무가 가엽기도 했지만
죽은 나무를 그만 보내주기로 하고 죽은 나무를 대문 앞
에 내놓았다

어디로든 흘러가라고 바람, 이라는 이름을 뒤늦게 붙여주
고 돌아섰다
    >

나 대신 앓다가 죽은 나무를 버리고 돌아왔다

　버려도 되는가, 버려도 되는가 뒤척이다 일어나 대문을 열
어보니
　죽은 나무는 어디로 흘러가고 골목엔 바람들, 사내는 멍
하니 입을 벌렸다

시절

지나간 것은 모두 좋았던 시절, 미루나무 아래 앉아 늙고 싶은 오후다

여기 앉아보니 할 말이 없다, 할 말이 없다는 것은 얼마나 좋은 일인가

이렇게 있다 보면 조용해지고, 지나가는 것은 모두 좋았다는 생각에

지금도 그때도 모두 좋았던 시절, 눈물 많아 좋았던 시절 이라고 해본다

혼자 있길 좋아했던 어린애가 늘씬한 미루나무 아래 앉아 여물고 있다

구름이 시절을 천천히 지나간다 시절은 그렇게 지나야 한 다는 듯이 천천히 지나간다

간판 없는 양장집이 나는 좋았다

골목엔 간판도 없는 코딱지만 한 양장집

재봉틀 위엔 멈춘 시계가 있고 오후 네 시의 양장집이 나는 좋았다

양장이 없을 것 같은 양장집, 문장으로 닿을 수 없는 오후 네 시가 돌돌 실을 풀고 있었다

아무 일도 일어나지 않는 그 집에 어떤 일이 일어나는 시간은 언제일까

양장집 할머니는 라디오에서 흘러나오는 이야기를 듣고

이야기만으로 한 시절을 지나온 양장집

간판 없는 그 집에도 시간은 흐르나 언제 시간이 흘러서 할머니는 늙어가나

골목은 늘 말을 걸고 그 말은 늘 적조하고 간판 없는 양장집이 좋았다

늙지 않는 할머니가 나는 좋고 힐끗 재봉틀을 돌리던 할머니가

골목에 죽치고 있던 나를 볼 때, 오랜만에 아주 문득 내가 좋았다

서향집 일기

서향은 얼마나 좋은 향이냐, 조금 뒤 아이들이 돌아오
는 향
"얘들아, 너희가 오니 삐걱이는 앞마당에 늦은 해가 오는
구나"
속눈썹 길어진 아이들이 쌀을 씹고 매운 김치를 배우고
지는 해가 첫 해라는 서향집, 붉게 녹이 슨 양철지붕 밑
무릎 한 알, 무릎 두 알, 어깨 한 알, 어깨 두 알 넣어놓고
노모는 "석양 아래 새끼들 밥 먹이며 사는 일이 평생이었
다"고 말씀하시네

이름이 아름다워 쉬어가기로 한다

아름답다 망미동 골목, 후미라는 이름을 가진 칼국숫집
그런 이름 만날 때마다 쉬어가기로 했다
우수의 마적이라는 술집도 이름을 마시며 놀다 가라는 것
은하맨션이라는 연립과 개금이라는 지하철역도 이름으로
잠깐 내려 쉬다 가라는 것
머나먼 사천, 그 이름도 오랜만에 울어보며 쉬어가라는 것
쉬어갈 곳 없으므로 이름이 아름다워 쉬어가기로 했다
마음이라면 쉬어갈 이름 하나 적어두고 살기로 했다

신발 맞은 꽃들

광안리 삼익비치 아파트 벚꽃 길에 혼자 꽃놀이 가다
환한 대낮에 어떻게 기뻐할지 몰라 난감해하다
세계가 선하다는 증거는 봄 때문이라고 메모하다
갑자기 길 옆 광남초등학교에서 들려온 아이들 웃음소리
단발머리 여자애들 운동장에 핀 꽃나무에 신발 던지며 까
무러치게 웃다
아, 아름다워라 저렇게 될 수 없다 신발 던지며 놀 수가 없다

낡은 갈색 구두를 위하여

분명 나는 내 신발을 바꿔 신고 돌아간, 한 사람의 일생을 신고 걸었는데

같은 문수에 헐거운 자궁같이 늙고 눅눅한 신발이 노새처럼 터덜터덜 나를 따라왔네

나는 그를 신고 걸었는데, 그가 나를 따라 헐떡이며 오는 새벽에

때 묻은 갈색 구두여, 사연은 모르지만 마음은 늘 이렇게도 축축한 것이었네

결국

세상을 너무 많이 안다 어젯밤부터 지금까지 술을 마시고
있다

답 없는 세상에 나처럼 태어나서 아이들이 자고 있다

새벽에는 조금 걸었고 전화를 했고 기어코 제자리로 돌아
온다

벚꽃이 지고 있다 당신이 내게 시제를 던지면 다 쓸 수 있다

그렇게 세상이 시시해져 간다 취하면 보고 싶은 사람이 늘
같다

세상을 잘 아는 것 같다 답이 없어서 철학은 믿음으로 끝
이 난다

풀이 나고 있다 바람이 불고 있다 해변에 나가면 참 좋다

사람은 모두 같은 병을 앓고 있다 같은 슬픔과 같은 기쁨

을 지나가고 있다

　오늘 썼던 시가 오래전 내가 썼던 시 같을 때가 있다

　모르는 사람의 어깨를 만져주고 싶을 때가 그렇다 세상을
너무 많이 알아서 모른다

　결국, 이라고 쓰고 언어 밖을 빠져나간 새 한 마리를 보고
싶을 때가 있다

세 편의 시로 남은 청춘 · 1997

아버지가 문간방에 쪼그려 울고 있었다

나는 그때 사라지는 것들에 대해 알았다 바람이 드센 변지
邊地에서 빈 바랑처럼 어둠이 펄럭이고, 누군가 서늘히 등 뒤
를 스칠 때, 나는 사방에 떨어져 뒹굴던 마른 이파리처럼 가
볍게 옷자락을 날렸다

그때 하늘에선 흰 나방처럼 커다란 눈송이들이 쏟아져 내
렸다 묘지숲은 온통 실신한 나방들로 가득하였고, 툭툭 발
에 밟혀 터지는 나방들, 아무도 소리치지 않는 긴긴 밤은 찾
아들었다 겨울이었다

스스로의 무덤 속에 억지로 또 하나의 죽음을 묻어주는
대지가 보였다 아무것도 살아있지 않았다 온통 흰 눈꽃들만
어지럽게 날리고 어둠에 곱게 머리빗은 묘지만 가래톳처럼
솟아있었다

내가 다시는 돌아오지 말라고 말했을 때, 아버지는 묵연
하였다 그리고 다시 한 번 울지 말라는 편지를 남겼다 그리

고 얼마 뒤 눈이 내렸다 묘지 위로 죽은 눈들이 퍼붓고 죽어
있는 것들 위로 짙은 어둠이 깔리고 있었다

강물이여, 이제는 나의 얼룩진 가면을 벗기어주십사

나무 그늘 밑에 서면, 짙어지는 그림자 속으로 깊은 강물
이 흘렀다 그 아래 소금이 담긴 얇은 반지半紙를 접어 띄우
던 저녁, 나는 풍금을 타고 나의 살던 고향을 목메어 부르며
숲으로 떠나갔다, 물이 꽉 찬 장마의 숲, 유물처럼 꺾여 죽은
숲 속의 나뭇가지, 앞서 지난 자들의

나는 그것을 따라 걸으며 물 그늘로 얼굴을 가렸다 아무
도 나의 얼굴을 알아보지 못했다 흥, 조, 들, 조, 차 그러나 내
가 더 이상 울지 않게 되었을 때, 그때는 이미 나·무·의·강·
물·풀·잎·의·강·물·나·의·강·물이 모여 숲의 강을 이룬
다음이었고, 죽은 나뭇가지들은 그 강물 아래 젖은 책장의
모습으로 잎들을 떨구고 있었다

나의 눈물이 그친 다음, 나에겐 지워지지 않는 가면, 어둑

한 표정의 저녁 물 그늘만이 남아있었다 그 무렵 새들은 서로의 둥지 속에 알들을 뒤바꾸어 버리고, 아무리 두드려도 열리지 않는 숲 속으론 고요한 단잠 나는 강물 속으로 얼굴을 헹구며 울지 않는, 울지 않는 나뭇잎이 되어버렸다

숲에는 아직 무수한 나날들이 남아있을 것이므로 새들이 입이 틀어막힌 채 잠드는 저녁, 그 어디에도 쉽사리 납득할 만한 슬픔은 없었다 강물 속에도, 나무 그늘 밑에도 표정을 알 수 없는 그림자만 짙어져가고, 자꾸만 눈물을 훔치던 사람도 저녁 어스름께에서 지워지고 있었다

한 마리 개가 모래 수렁 속에 빠져있다*

이끼 낀 검은 옷, 해진 그물 속으로 희고 불분명한 묵주알들이 들어가 박힐 때, 물 묻은 검은 우비처럼 밤은 오곤 하였다 그런 밤이면 단바람 부는 가래나무 숲 속엔 푸른 잎사귀들이 자라나고, 숲에서 올려다보는 밤하늘엔 눈물 그릇 같은 달이 그렁그렁하였다
　＞

그러하였다 사색이란 언제나 산책과도 같이 가벼워 생각
끝에 숲을 빠져나올 즈음이면, 등 뒤엔 항상 무거운 묵상이
무섭게 무섭게 흐느끼고 있는 듯하였다 그러하였다

　눈 감은 어둠 속, 한참 동안을 자폐의 환자처럼 고요히 서
있을 땐 오래지 않아 지나는 비라도 내릴 듯 적막한 바람이
불어왔다 눈 가리고 계집이 울 듯 달 가리는 구름이 몰려올
것만 같았다 그럴 듯하였다

　가래나무 숲, 바람꽃들은 물 맺힌 바람 속에서 죽고 바람
속에서 나는 몰래 울고 있다 머지않아 큰 구름이 몰려와 비
가 쏟아지고 숲 속으론 심금이 울겠지만, 누구에게도 내 소
소한 기억에 대해 이야기하고 싶지 않음은 무엇 때문인가

　눈 감아 편한 어둠 속, 푸른 연무 가득한 마을이 잠기고 어
두운 바람은 그렇게 불어오고 있다 그러나 나는 이 어둠 속
에서 흰 보자기 나풀거리는 환한 오후의 방패연, 바람꽃처럼
죽은 흰 방패연을 볼 것이다 그럴 것이다

　＊ 고야의 그림. 원제는 The Dog

낭만적 진실의 힘

오민석 시인/문학평론가

1.

 '낭만'이라는 단어는 주로 '허위'의 기의를 갖는다. 르네 지라르(René Girard)의 명저 『낭만적 거짓과 소설적 진실』에서 '거짓'은 대상 자체가 아니라 중개자(mediator)를 통해 대상을 욕망하는, 욕망의 모방성을 가리키는 용어이다. 이 경우 주체-중개자-대상의 삼각형에서 주체의 욕망은 대상이 아니라 중개자가 욕망하는 것을 다시 '모방하는 욕망'이라는 점에서 가짜이다. 1790년대 후반에서 1830년대에 걸친 혁명의 시기에 객관 현실과의 치열한 자기 싸움을 전개했던 영국의 낭만주의 시인들이 정착했던 곳은 현실이 아닌 낭만적 공간이었다. 현실과의 싸움에서 녹초가 되었던 그들이 최종적으로 안착했던 곳은 자연, 어린 시절, 좋았던 옛날, 꿈의 세계인데, 이것들은 하나같이 '지금, 여기'가 아닌 공간이라는 점에서 '낭만적' 공간이다.

 민왕기는 워낙 감성이 풍부한 시인이라서 그의 시를 이

야기할 때 우리는 '낭만'이라는 용어를 사용하지 않을 수 없다. 그것은 오로지 시인들만이 누릴 수 있는 특권으로서의 낭만이며, 오로지 시인들만이 비(非)시적인 세계를 읽기 위해 동원할 수 있는 프레임이다. 그는 이성보다는 감성으로 세계를 읽고 있다는 점에서 분명한 낭만주의자이기는 하나, 그렇다고 해서 그의 낭만에 우리는 '허위'라거나 '거짓'과 같은 이름을 붙일 수가 없다. 그의 낭만은 허위이기는커녕 너무나 간절하고 간곡해서 자주 우리의 가슴을 찌른다. 그의 시를 읽으면서 나는 이런 경험을 여러 번 했는데, 나는 이런 경험을 '가슴을 찌른다'라는 표현보다는 '가슴을 베인다'라는 말로 바꾸고 싶다. 그의 감성적 문장들은 아늑하고 은밀하고도 깊은 칼날로 우리의 가슴을 후빈다. 그의 시를 읽는 것은 이런 감성의 아픈 희열을 경험하는 일이다. 그리고 우리는 이 경험 속에서 '시적인 것(the poetic)'의 큰 힘을 느낀다.

중앙장례식장 단출한 빈소, 당신을 달래고 있는 내가 겨우 하는 말은 마음 놓고 울어보라는 말

곡은 간신히 나오고 결국 고랑이 터져버려 깊고 넓게도 흘러간다

오래 미어져도 채우지 못하는 허방 있어서

밤새 울음이 새고 또 한 울음을 삼키고 접동이 한 잎, 두견이 한
잎 그 울음 받아서 물고 간다

—「곡」부분

누군가가 죽었고 화자는 그 누군가를 잃은 사람의 슬픔
에 '공감'하고 있다. 타자의 경험에 대한 이런 공감, '함께 느
껴 들어감'은 낭만적 사유의 전형적인 패턴이다. 그러나 보
라. 아무리 울어도 "채워지지 못하는 허방 있어서// 밤새 울
음이 새고 또 한 울음을 삼키고 접동이 한 잎, 두견이 한 잎
그 울음 받아서 물고 간다"라는 표현은 얼마나 곡진한가.
이것이 낭만적 거짓을 넘어서는 것은 주체가 대상의 슬픔을
모방하는 수준을 뛰어넘어 그것과 온전히 하나가 되기 때문
이다. 내가 말하는 "낭만적 진실"이란 바로 이런 상태를 지
칭하는 것이다. 이런 표현을 우리가 '시적'이라고 하는 것은,
이런 표현에 의해 시의 '정보'가 달라지는 것이 전혀 아니라
는 의미에서이다. 어떤 표현을 해도 '그냥 누군가가 죽었고,
그로 인해 슬피 운다'는 내용은 바뀌지 않는다. 그러므로 시
적인 것은 정보의 전달이 아니라 감성의 전달인 것이다. 동
일한 정보도 어떤 표현의 탈것(vehicle)에 실려지느냐에 따라
전혀 다른 감성으로 전달되는 것이다. "접동이 한 잎, 두견이

한 잎 그 울음 받아서 물고 간다"는 표현은 정보나 지식보다 우위에 있는 감성의 탁월한 힘을 보여준다. 과학을 넘어서는 예술의 힘이 바로 이런 것이다.

2

러시아 형식주의자인 쉬클로프스키(V. Shklovsky)가 '낯설게 하기(defamiliarization)'의 개념을 설명하면서 "대상 자체는 중요하지 않다"고 했을 때, 그는 예술을 정보나 '지식(knowledge)'보다는 '지각(perception)'의 층위에서 읽어내고 있는 것이다. 예술에 있어서 지식이 중요하지 않다는 말이 아니라, 지식이 예술만의 전유물은 아니라는 의미에서이다. 문학을 비(非)문학과 구별시켜주는 문학 고유의 자질로서의 '문학성(literariness)'이라는 것이 존재한다면, 그것은 바로 새로운 지각을 만들어내는 표현 즉 형식의 영역이라는 것이 그의 주장이다. 민왕기의 낭만적 감성은 바로 이 표현의 영역과 관계되어 있다. 바로 이 낭만적 감성이야말로 그의 시를 다른 시들과 구별시켜주는 변별적 자질이다. 그는 동일한 현실을 다른 감성으로 읽어낸다. 그 중에서도 매우 독특한 것은 그가 사물을 언어로 낯설게 하는 것이 아니라, 언어를 사물로 낯설게 한다는 점이다. 일반적으로 낯설게하기의 방향은 언어에서 사물을 향해 있다. 즉 우리에게 너무나 친숙한, 그리하여 우리가 느끼지 못하는 대상들을 (언어로)

낯설게 만듦으로써 그것을 (새로이) 느끼게 만드는 것이다.
그러나 민왕기는 거꾸로 습관화, 자동화되어서 우리가 느끼
지 못하는 언어(단어)를 낯설게 하기 위해 사물들을 동원한
다. 그리하여 그의 시에서 낯설어지는 것은 사물이 아니라
언어 자체이다.

    쫓겨 온 곳은 아늑했지, 폭설 쏟아지던 밤
    깜깜해서 더 절실했던 우리가
    어린 아이 이마 짚으며 살던 해안海岸 단칸방
    코앞까지 밀려온 파도에 겁먹은 당신과
    이불을 뒤집어쓰고 속삭이던,
    함께 있어 좋았던 그런 쓸쓸한 아늑

    아늑이 당신의 늑골 어느 안쪽일 거란 생각에
    이름 모를 따뜻한 나라가
    아늑인 것 같고, 혹은 아득이라는 곳에서
    더 멀고 깊은 곳이 아늑일 것 같은데
    갑골에도 지도에도 없는 아늑이라는 지명이
    꼭 있을 것 같아
    도망 온 사람들 모두가
    아늑에 산다는, 그런 말이 있어도 좋을 것 같았던

                             ー「아늑」부분

그의 등단작 중의 한 편이기도 한 이 시의 묘사의 대상은 바로 '아늑'이라는 단어이다. '아늑'이 '따뜻하고 포근한 느낌'이라는 막연하고도 추상적인 의미를 가지고 있다면, 이 시는 그것에 (어딘 가로부터) 쫓겨난 한 가족의 쓸쓸한 서사를 보탬으로써 새로운 감성을 불어넣는다. 그것은 "늑골 어느 안쪽", "이름 모를 따뜻한 나라", "아득이라는 곳에서 더 멀고 깊은 곳", "갑골에도 지도에도 없는 지명" 등의 사물어(語)들을 동원하면서 아늑이라는 단어의 스펙트럼을 넓힌다. 그것은 쓸쓸한 현실(서사)을 이기는 따스한 감성의 세계를 생성한다. 살과 살이 만나는 가족의 친밀함은 그 어떤 위기("코앞까지 밀려온 파도")도 극복하는 감성의 깊은 농도를 보여준다. 위에 인용된 부분에 이어 "당신의 갈비뼈 사이로 폭폭 폭설이 내리고/ 눈이 쌓일수록 털실로 아늑을 짜/ 아이에게 입히던/ 그런 내밀이 전부였던 시절"이라는 후사(後辭)는 차가운 '눈'마저도 따뜻한 '아늑'으로 만드는 감성의 따뜻한 힘이 아니고 무엇인가. "털실로 아늑을 짜"라는 표현은 사물을 동원하여 언어를 낯설게 만드는 민왕기 시인의 탁월한 기술을 잘 보여준다.

　우리가 볼 때, 민왕기 시의 무게중심은 주로 이런 방식의 언어 수행(linguistic performance)에서 발견된다. 이런 언어 수행은 위에서 인용한 「아늑」 외에도 「간절」, 「간곡」, 「곁」, 「애틋」, 「은밀」, 「곤궁」, 「선뜻」 등에서도 나타난다. 제목만 연결해도 그가 목표하는 묘사의 대상들이 어떤 것들인지 금

방 드러난다. 그의 시들은 곤궁하나 간절하고, 간곡하며 애틋하고 은밀한 '곁'들과 그것을 향해 선뜻 움직이는 감성의 동선을 따라 만들어진다.

기쁠달 것도 슬프달 것도 없이
곤하고 궁한 것만, 궁하고 곤한 것만

고즈넉이 이쯤 되는 깊이인 것

쪽쪽새가 무얼 빨듯이 쪽- 쪽- 쪽- 울고 어스름이 저쯤 되는
시간인 것

때 절은 베개에 수건을 덮으니 꾸덕한 솜들이 차분해지고
얼마나 오래 떠돌던 여인旅人들이 묵어갔나

우두커니 그쯤 되는 행려인 것

눅은 벽지에 목단이 삭고, 삭은 목단에 베개가 꺼지듯 세월은
헐하고 헐렁한 것만

—「곤궁-와수여인숙」부분

이 시의 "와수여인숙"에는 마치 백석의 「산숙(山宿)」에 등

장하는 산중(山中)의 여인숙처럼 곤궁한 서사들이 "들믄들 믄" "그즈런히"(백석) 누워있다. 백석이 국수분틀 옆에 "나 가 누어서" 그 방을 스쳐간 사람들을 생각했던 것처럼, 민왕 기는 이 방을 스쳐간 "헐하고 헐렁한" 곤궁을 생각한다. "새 까마니" 때가 오른 백석의 "목침들"은 이 시에서 "눅은 벽 지에 목단이 삭고, 삭은 목단에" 꺼지는 베개들로 변해 있 다. 그때나 지금이나 곤궁하고 헐렁한 사람들은 어느 그늘 을 유랑했으며 유랑하고 있을까. 그러나 이 시에서 민왕기 가 주목하는 것은 여인숙이 아니라 '곤궁'이라는 단어이다. 그는 이 단어에 허름한 여인숙이라는 공간과 그곳을 스쳐간 가난한 유랑인들을 첨가함으로써 "고즈넉이 이쯤 되는 깊 이"와 "어스름이 저쯤 되는 시간" 사이에 있는 공간으로 그 의미를 새롭게 열고 있다. 그 사이에 쪽- 쪽- 대며 우는 쪽 쪽새의 울음은 보너스로 부여되는 풍경이다.

3

민왕기의 낭만적 진실이 최고의 성취를 이룬 작품은 내가 볼 때 「빈 집」과 「우리의 지나는 어디로 갔나」이다. 우선 「빈 집」을 보자.

주인 없는 그 집을 도둑처럼 서성거리다 버려진 화투장 같은

것들 뒤집어 보았네

　팔공산 달밤에 님 만나 술 한 잔, 이라

　늦바람처럼 봄날 깊어 세상의 모든 야반도주가 흔적 없겠네

　이런 날엔 바람난 그 아지매도 봄바람에 라일락 라일락,
치맛자락 날리기도 했을 거니

　세상의 모든 버려진 집이 꽃잎 같겠네

　봄 깊어 꽃 떨어지고 홀아비 살다 죽은 그 집, 세상의 헐한
정처가 정처 없이 말라 가겠네

—「빈 집」 전문

　　"빈 집"의 궁핍과 가난을 낭만화하는 것은 화자가 버려
진 화투장을 통해 바람난 여자와 버려진 남자의 내러티브를
상상하기 때문이다. 이 바람은 "라일락 라일락, 치맛자락"
처럼 떨어지는 꽃잎 이미지와 겹쳐지면서 폐허의 낭만을 더
욱 황홀하게 조장한다. 이 낭만은 가난을 가리거나 덮는 것
이 아니라, 더욱 치열하고 깊게 만든다. 가난 위에 덧씌워진
에로스의 서사는 가난의 황폐함을 더욱 극대화하는 장치이
다. 가난 속에도 성애(sexuality)의 욕망은 불타오를 수 있으
며, 성애는 가난으로부터의 "야반도주"라는 비극을 완성하
므로 그것 때문에 가뜩이나 헐렁한 "세상의 정처가 정처 없
이 말라"간다. 가난을 가난 자체로, 에로스를 에로스 자체
로 묘사하는 일은 얼마나 수월한가. 그러나 이 시는 가난 자

체에 곁눈을 주지 않으면서 그것의 궁핍을 에로스와 포개어 더욱 깊게 만드는, '냉정한 낭만'의 힘을 보여주고 있다.

미군들이 몰려와 새벽까지 술 마시던

진아하우스, 햄버거집 불을 끄고 맥주를 팔던 그 철 지난 집에서
난 늙은 여자를 사랑했네

지나는 쉰 살, 고기를 구우면서 도라지 담배를 멋지게 빼물었지

보라색이 그녀의 얼굴을 감쌀 때 우리는 어느새 고향 앞 바다로
고동을 주우러 갔는지도 모르네

지나가 항상 말하던 어느 날처럼

묵호 쪽에서 원양 선박이 부웅, 하고

뱃고동을 울리면

부에노스아이레스로 가서 돌아오고 싶지 않은 구름들, 새떼들

무관으로 흘러갔고 혹은 아득으로 사라졌다고 전하네

                              ―「우리의 지나는 어디로 갔나」 부분

이 시는 기지촌 여성 "지나"를 다루고 있다. 그러나 이 시
는 기지촌의 열악하고 황량한 현실에 대해 직접적으로 언급
하지 않는다. 이 시는 기지촌의 늙은 여자를 사랑하는 화자
를 동원해 기지촌 여성의 삶을 낭만적 회상으로 처리함으

로써, 기지촌 문화의 불안함과 덧없음을 더욱 애잔하게 그려내고 있다. 한편으로는 새벽까지 술추렴을 하는 미군들의 풍경이, 다른 한 편에는 어느새 고향 앞 바다로 고동을 주우러 간 "우리"의 풍경이 대조된다. 묵호와 원양 선박과 부에노스아이레스로 이어지는 연상법은 낭만적 이국정서를 불러일으킨다. 그러나 먼 이국으로 가서 "돌아오고 싶지 않는 구름들, 새떼들"이 "무관으로 흘러갔고 혹은 아득으로 사라졌다"는 소식은 이 낭만적 상상의 뼈저린 진실을 보여준다. 그것은 슬픈 낭만이며, 지극히 현실적인 낭만이어서 현실보다 더 애처롭다. 민왕기의 낭만은 이렇게 슬픈 현실을 더욱 슬프게, 궁핍한 현실을 더욱 궁핍하게 만드는 힘이 있다. 그것은 마치 우리가 남인수, 황금심, 고복수, 김정구의 흘러간 옛 노래들을 통해 우리가 겪어보지도 않은 시절의 가난과 유랑의 아픔을 더욱 깊게 느끼는 정서와도 유사하다. 그리하여 그의 시들은 그야말로 '시적인 것'으로 그득하다. 그는 냉정한 평론가나 인문학자들은 흉내도 못 낼 '뽕짝' 낭만으로 가득 차서 독자들의 감성을 자극하고, 아픈 촉수들을 건드려 술을 마시게 하는 마력을 가지고 있다. 이렇게 과학이나 산문과는 다른 길을 간다는 점에서, 그의 시들은 유난히도 '시적이다'라고 말할 수 있을 것이다.

4

그의 시가 가지고 있는 낭만성은 어찌 보면 시인 이전에
한 개인으로서 그가 가진 기질에서 기인하는 것이기도 하다.
그는 실제로 냉정한 팩트를 냉정하게 다루는 기자이기도 하
지만, 불의를 대하는 그의 태도는 훨씬 더 즉각적이고 즉자
적이다. 불의 앞에 그는 아무런 거리를 두지 않는다. 말하자
면 바로 주먹을 날리는 식인데, 이 '뒷골목 정서' 역시 조금
만 거리를 가지고 보면 매우 낭만적인 것이다. 요즘처럼 사
람관계가 건조해진 시대에 누가 다른 사람에게 대놓고 분노
를 표현하는가.

거만의 멱살을 잡으려다 그만
시인의 멱살을 잡고 말았다

시원하게 생긴 얼굴, 이미 용서가 들어있어
단추가 떨어지고 옷이 찢긴 후
시인의 옆에 앉아서 울었다

그 밤의 일은 시의 멱살을 잡아보려던 일
화를 내고 나서야 그만 울음의 멱살을 잡힌 것처럼 외로웠다

시인의 멱살은 왜 그리 푸르고 다정한가

그 일은 당신을 거칠게도 좋아했던 일,

—「시인의 먹살」부분

아마도 술자리에서 어떤 시인과 싸움이 붙었고, 그 이유는 그 시인의 어떤 거만한 면모 때문이었을 것이다. 단추가 떨어지고 옷이 찢기는 드잡이가 끝난 후에야 화자는 상대가 거만한 인간이 아니라 "푸르고 다정한" 시인임을 뒤늦게 알아차렸을 것이다. 후회 끝에 시인의 옆에 앉아 울고 있는 화자는 얼마나 세상살이에 서툰 낭만주의자인가. 그러나 이것이 아무리 뒷골목 정서라 해도, 잘못된 것을 면전에서 잘못되었다 말하는 것은 이제는 사라진 낭만적 과거의 힘이 아닐 수 없다. 이제 점잖은 자동인형들은 분란 자체를 혐오하며 타자의 일에, 세계에 절대 개입하지 않는다. 오직 시인들만이 수치를 무릅쓰고 낭만적 진실에 충실할 뿐이다. 이런 점에서 시인들은 먼 고대로부터 먼 미래까지 낭만의 부랑아들이다. 그러나 다음과 같은 시를 보라.

쌀 한 톨이 내 옆에 꼭 붙어서 새근거리면 꽃 피고 쌀눈 트고 함박눈 오고
나도 아랫목에 묻혀 눈썹 위에 눈 내려앉는 소리 들어야 한다

순한 것들에게서 넘어온 숨이 혀로 받아먹던 눈송이처럼
깨끗하게 고요하다

싸락눈이 한 알 굴러와 이쪽을 바라보던 것처럼 아이가 잠든
방에 가만히 있으면

쌀을 씻듯 말갛게 나를 씻겨 나비잠 재우던, 그 옛날 거칠손도
찾아오신다

―「아이가 자는 방」 전문

낭만적 부랑의 기원은 이렇게 따뜻한 부성(父性)을 배경
으로 하고 있다. 어린 것이 새근거리는 숨소리를 함박눈 내
리는 저녁에 듣는 아버지, 순한 것들의 깨끗한 "고요" 옆에
가만히 앉아있는 아버지의 역사가 민왕기적 낭만의 모태이
다. 거기에는 민왕기만 있는 것이 아니라 오래전에 세상을 뜬
그의 아버지 "거칠손"도 있다. 궁극적으로 낭만적 싸움은 이
애틋한 "곁"들을 지키는 것이고, 이와 유사한 세상의 모든 곁
들을 "아늑"하게 지키는 것이다. 민왕기 시인의 낭만적 싸움
은 이런 "아늑"을 방해하는 시스템과의 싸움이며 도전이며
행패이다. 그 싸움의 곡진한 아름다움에 취해보라.

아늑

1판 1쇄 발행 2017년 5월 31일
1판 2쇄 발행 2019년 3월 20일

지은이 민왕기
발행인 윤미소
발행처 (주)달아실출판사

책임편집 박제영
디자인 박상순
마케팅 배상휘

주소 강원도 춘천시 춘천로 17번길 37, 1층
전화 033-241-7661
팩스 033-241-7662
이메일 dalasilmoongo@naver.com
출판등록 2016년 12월 30일 제494호

ⓒ 민왕기, 2017
ISBN 979-11-960231-3-3

•이 도서의 국립중앙도서관 출판예정도서목록(CIP)은 서지정보유통지원시스템 홈페이
지(http://seoji.nl.go.kr)와 국가자료공동목록시스템(http://www.nl.go.kr/kolisnet)에
서 이용하실 수 있습니다.(CIP제어번호: CIP2017010704)
•잘못된 책은 구입한 곳에서 바꿔드립니다.
•책값은 뒤표지에 표시되어 있습니다.